Abbé L. BRIAULT

LA COMPOSITION

TOLRA — ÉDITEUR — PARIS.

COMPOSITION

Abbé L. BRIAULT

TOLRA - éditeur - PARIS.

LA COMPOSITION

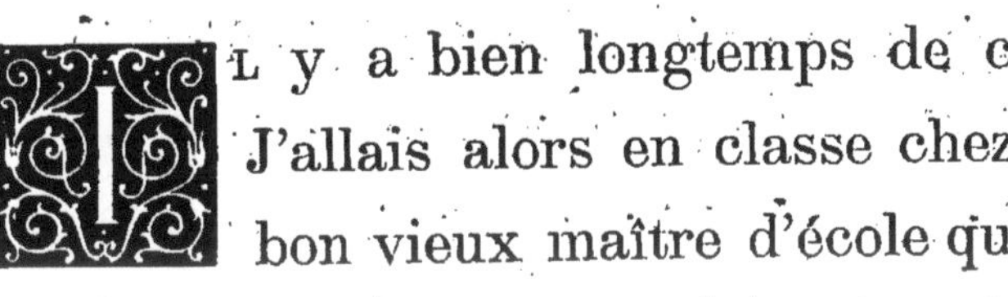L y a bien longtemps de cela. J'allais alors en classe chez un bon vieux maître d'école qui ne se croyait pas assurément un grand savant, n'était abonné à aucun journal et ne faisait pas de politique, mais, par contre, chantait au lutrin, nous apprenait nos prières et tenait admirablement sa classe.

Nous étions là une cinquantaine de bonshommes de huit à douze ans, tous plus espiègles les uns que les autres, et, malgré cela, assez bons enfants au fond, puisque pas un que je sache, parmi ceux que j'ai connus à cette époque, n'a fait rougir notre vieux maître de l'avoir eu pour élève. Le récit suivant, du reste, vous montrera que si nous avions parfois la tête un peu légère et la main un peu leste, nous savions racheter ces petits défauts par de sérieuses qualités.

Un matin, nous vîmes paraître à la récréation qui précède la classe un nouveau camarade qu'aucun de nous ne connaissait. D'où venait-il ? Quels étaient ses parents ? Comment se faisait-il que nul d'entre nous ne l'eût jamais rencontré dans la rue ou sur les places de la ville où nous passions la plus grande partie de nos jours de congé ? A coup sûr il était étranger au pays. Son costume et son air embarrassé le disaient assez. Il se tenait immobile dans un coin de la cour, les mains dans ses poches, un petit carton d'écolier passé sous le bras, et se disposait, au signal de la cloche, à franchir le seuil de l'établissement scolaire.

En attendant, il était le point de mire de tous les regards et l'objet des réflexions plus ou moins charitables du petit peuple espiègle qui l'entourait.

Je le vois encore avec ses grands yeux bleus étonnés et timides qu'il osait à peine lever sur nous; avec son doux

Le bon maître d'école ne se croyait pas un grand savant (page 7).

Les mains dans ses poches, un petit carton d'écolier sous le bras (page 9).

et frais visage encadré dans une épaisse chevelure blonde qui retombait en boucles soyeuses sur une large collerette blanche. N'eût été son costume, on l'eût pris pour une petite fille. C'était là un grave tort à nos yeux: Pensez donc, avoir l'air d'une petite fille! Ajoutez à cela une mise mieux soignée que celle de la plupart d'entre nous, et vous conviendrez qu'il n'en fallait pas davantage pour nous le faire prendre en grippe et nous indisposer à première vue contre lui.

S'il se fût présenté d'une façon plus hardie et sous des apparences plus robustes, il est probable qu'on y eût regardé

à deux fois avant de lui chercher noise.
Malheureusement, il était mince et délicat,
et paraissait craintif, et puis il était seul !
C'en fut assez pour nous rendre braves
et entreprenants à son endroit.

Les quolibets ne tardèrent pas à pleuvoir (page 15).

Aussi les quolibets ne tardèrent pas à pleuvoir autour de lui.

A ma honte, je dois avouer que je n'étais pas le dernier à lui lancer le mot cruel et à lui faire sentir son isolement et sa faiblesse. Je crois même que ce fut moi qui commençai l'attaque contre ce pauvre petit être inoffensif.

— Eh ! vous autres ! m'écriai-je, voyez donc, il a l'air tout chose : je gage qu'il a perdu sa poupée.

— Eh ! non, dit un autre, tu vois bien qu'il s'est trompé de chemin, il est venu ici croyant aller chez les bonnes sœurs.

— Avec ça, ajouta un troisième, il est habillé comme une petite Madone.

— Comment se nomme Mademoiselle?

— Je parie pour Fifine.

— Moi, pour Lolotte.

— Moi, pour Bébeth.

Et tous de rire, et les plaisanteries d'aller leur train autour du pauvre petit qui ne répondait pas, et se contentait de pousser de profonds soupirs, pendant que de grosses larmes qu'il s'efforçait de retenir et qui noyaient son regard, tremblaient, suspendues comme des perles de diamant, au bout de ses longs cils.

Sûrs de l'impunité par l'absence du

Comment se nomme mademoiselle? (page 16).

maître, et n'ayant pas à craindre de représailles de la part de l'innocente victime, nous allions sans doute pousser nos plaisanteries plus loin et lui faire subir quelques-unes de ces nombreuses avanies en usage alors dans les écoles,

Nous commencions à délibérer (page 20).

quand parut soudain le vieux magister qui, apercevant le nouveau venu, lui fit signe d'approcher et l'emmena dans sa chambre.

Cette intervention inopportune ne faisait pas notre compte. Elle nous sevrait d'un plaisir véritable en nous privant de la présence de celui qui se prêtait si bien à nos malicieux projets. Aussi, nos mauvais sentiments à son égard s'augmentèrent-ils de tout le dépit que nous causa cette déception, et déjà nous commencions à délibérer pour savoir quel genre de supplice nous lui infligerions à la prochaine récréation, quand la cloche se fit entendre et nous contraignit au silence. Nous rentrâmes, mécontents et hargneux, mais nous promettant bien de prendre notre revanche après la classe.

Ce jour-là était jour de composition, et composition de style, s'il vous plaît. Vous voyez que nous commencions à être des personnages. Pour devoir on nous avait donné à traiter le sujet suivant : *Lettre d'un enfant à sa mère pour le jour de sa fête.*

On a beau être espiègle, taquin, malicieux même à l'occasion, on n'en aime pas moins sa mère pour cela. Je ne vous dirai donc pas avec quelle joie et avec quel em-

pressement nous nous mîmes au travail,
et combien nous nous estimions heureux
d'avoir à développer un pareil canevas !
Nul sujet ne convenait mieux à notre âge,
car à défaut de science nous avions notre
cœur, et nous n'avions qu'à le laisser par-

Ces petites têtes brunes ou blondes (pages 25).

Le vieux magister l'emmena dans sa chambre (page 20).

ler et à écrire sous sa dictée pour composer un petit chef-d'œuvre.

Jamais silence plus profond n'avait régné dans la salle. C'était vraiment un curieux spectacle de voir toutes ces petites têtes brunes ou blondes, d'habitude si remuantes, gravement penchées sur les pupitres et absorbées dans la composition de cette chère lettre, et toutes ces petites mains, si habiles et si promptes à faire des farces au voisin, trottinant fiévreusement sur le papier.

Un sourire de douce satisfaction illuminait la figure vénérable du vieil instituteur peu accoutumé à tant de zèle et à tant d'application de la part de ses écoliers. Au fond (j'ai deviné cela depuis) le bonhomme qui nous connaissait bien, n'était pas trop étonné de ce recueillement inusité. En choisissant un pareil sujet de composition, il était bien sûr d'occuper notre esprit en

Ils étaient d'habitude si prompts à faire des farces (page 25).

captivant notre cœur, et il savait d'avance qu'il n'aurait pas besoin d'exercer une grande surveillance pour maintenir la discipline parmi nous.

Au bout d'une heure la composition était terminée, et chacun attendait avec impatience de connaître le rang qu'il occupait. Il était d'usage que chaque élève lût publiquement son travail. Les autres l'écoutaient et lui assignaient une note que le professeur ratifiait ou changeait selon qu'il le jugeait à propos.

Une vingtaine d'élèves avaient déjà subi cette épreuve. C'était maintenant au tour du *nouveau* de faire la lecture de sa composition. Tous les regards étaient fixés sur lui, et vous pouvez penser si nous prêtions curieusement l'oreille et si nous nous nous disposions à rire à ses dépens.

— Mon enfant, lui dit doucement le vieux maître,

lisez votre tra-
vail.

A ces mots, nous vîmes le

Je lui vins en aide et pris la copie (page 32).

Ce jour-là était jour en composition de style (page 21).

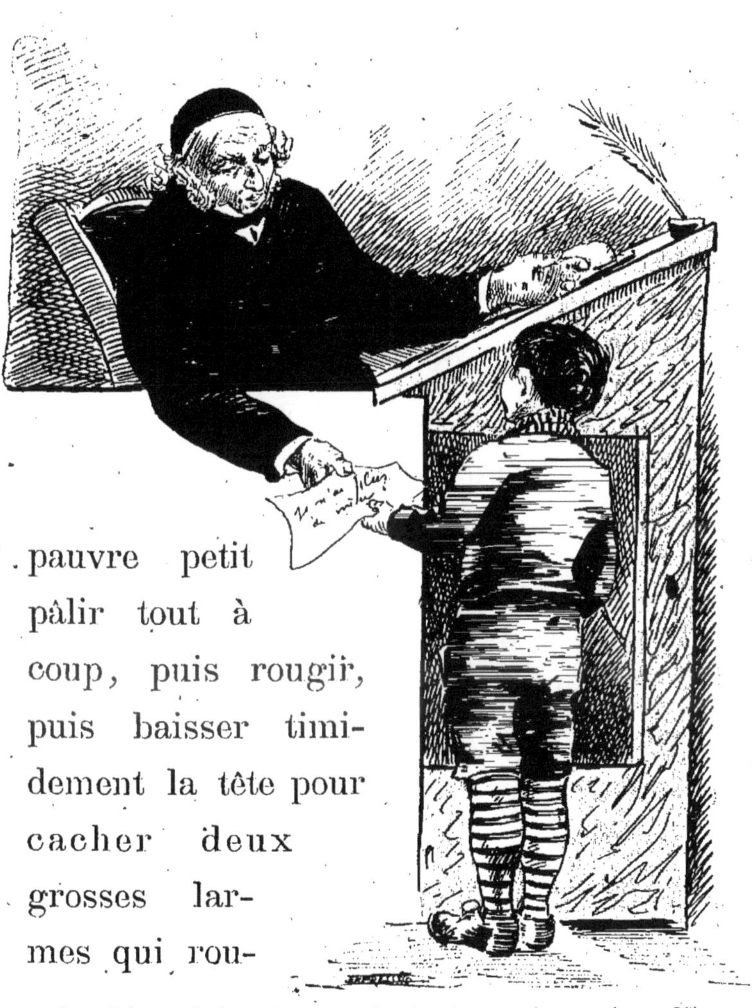

pauvre petit
pâlir tout à
coup, puis rougir,
puis baisser timi-
dement la tête pour
cacher deux
grosses lar-
mes qui rou-

Quand je remis la copie aux mains du vieux professeur (page 28).

laient silencieusement sur ses joues.

Je dois dire à notre décharge que ces larmes, sur lesquelles nous n'avions pas compté, nous gênèrent quelque peu pour rire comme nous l'aurions voulu.

— Voyons, mon petit ami, reprit le maître, toujours avec la même douceur, ne vous troublez pas, soyez sans crainte, et lisez ce que vous avez fait.

Un long sanglot, suivi d'un torrent de larmes, fut toute la réponse du malheureux enfant.

Comprenant qu'il n'obtiendrait pas la lecture demandée, le vieux professeur ajouta :

— Eh bien ! puisque vous ne pouvez pas lire, faites-moi passer votre copie, je lirai pour vous.

Le pauvre petit, qui n'osait refuser, tendit d'une main tremblante une grande feuille de papier, mais le maître était trop éloigné pour l'atteindre. Me trouvant plus rapproché, je lui vins en aide et pris la copie, mais avant de la remettre à destination, j'eus la curiosité d'y jeter un coup d'œil. Ce que j'y vis, je ne l'oublierai jamais ! Je vivrais cent ans que j'aurais toujours devant les yeux cette grande feuille de papier presque toute blanche sur le milieu de laquelle se détachaient seulement ces six mots tracés d'une petite écriture fine et déliée : *Moi, je n'ai plus de mère !*.

Voilà plus de trente ans de cela. Depuis, j'ai entendu de grands orateurs, j'ai

Ils se sentirent tous touchés de son malheur (page 39).

Chaque élève devait lire sa copie (page 27).

été le témoin de récits émouvants, j'ai lu des livres palpitants d'intérêt : Eh bien ! je le déclare : jamais discours, jamais livre, jamais récit ne m'a remué aussi profondément que ces six mots rappelant soudain à mon esprit, dans leur navrante simplicité, le plus grand malheur qui puisse frapper un enfant.

Par eux, j'avais tout compris ; et l'air triste et timide de notre petit camarade, et ses larmes, et ses soupirs, et sa douleur, et son refus de lire sa composition.

Quand je remis la copie aux mains du vieux professeur, j'étais pâle d'émotion et je sentais que les larmes me gagnaient.

Si jeune, et déjà plus de mère !... je l'aurais embrassé, le cher petit.

Ah ! ils pouvaient venir les autres, à

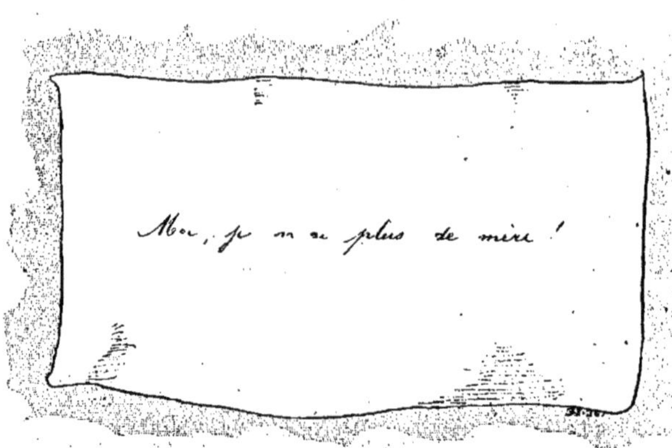

la prochaine récréation, se moquer de lui et lui chercher querelle, ils trouveraient à qui parler ! A part moi, je me constituais son défenseur, et déjà je me sentais tout heureux en songeant aux coups que j'allais donner et recevoir pour le protéger.

Hélas ! je n'eus pas la joie d'en venir à cette extrémité. La lettre du petit *nouveau* fut vite connue des autres écoliers, qui, tous, se sentirent touchés de son malheur, et ne trouvèrent plus dans leur cœur que des sentiments de tendre compassion et d'amitié sincère pour le pauvre orphelin.

Imprimerie Vve Albouy, 75, avenue d'Italie. — Paris.